바람은 인생을
업고 간다

저자 약력

건국대 경제학과를 수료하고 인문학에 관심이 있어서 인문서적을 섭렵했다. 사회에서는 각종 사회단체에 영입되어 지도역량을 배양하고 리더십을 연마했다.

연천 청년회의소 회장을 역임하며 청년회의소 도서관을 개관했고, 1991년 지방자치제가 처음 시작되었을 때 연천군 기초의원에 당선되어 초대의장을 4년간 역임했다. 1995년 처음 시작된 자치단체장 후보로 출마했다가 낙선의 고배를 마시고 인생을 옹골지게 살아가는 지혜를 터득하며 지내고 있다.

바람은 인생을
업고 간다

다시 시작하는 아침!
- 최지언(시인)

매화가 꽃을 피웠다가 느닷없는 봄눈에 얼어붙었다는 영동지방의 눈소식을 듣습니다. 오랜 가뭄 끝의 눈이라 그 지역 사람들은 반가운 그것이겠지만 봄을 준비했던 생명체에게는 얼마나 가혹한 일이겠는지요. 그런 냉엄한 지역을 호사가들은 카메라 들고 눈세상 찍겠다고 찾아 나서겠지요. 산 정상에서 3월의 눈 소식을 찍어 보내고 나무에 날아붙은 설화들을 찍어댑니다. 새싹을 틔우고 바람에 꽃 먼저 실려 보낸 나무들에게는 냉혹한 시간들이지만 이를 즐거워하는 사람들은 처처에 있습니다. 어떤 이에게는 가혹한 정경인데 어떤 이에게는 참으로 보기 힘든 아름다움의 결정체가 되어 화려하게 등장합니다. 위험한 아름다움이란 이런 것이겠지요.

시인은 이런 무신경한 사람까지도 사랑

하는 마음을 시 전편을 통해 보이고 있습니다. 자신이 거주하는 곳이 시의 주 무대가 되고 시의 소재가 되므로 한탄강변이거나 구정산이 주요 시의 공간이 되고 있습니다. 독자는 한탄강의 사계四季를 그려 볼 수 있고 구정산의 아슴한 일출부터 일몰까지도 상상할 수 있습니다. 가을 단풍이 빼어난 소요산의 봉우리들은 또 어떤가요. 인근의 왕방산, 칠성산, 해룡산들과 정을 통했다는 탁월한 풍유를 얻습니다.

눈바람 속에서도

매화 봉우리 솟고

소소리 바람에 꽃망울 터트리고

〈중략〉

인생을 업고 가는 바람은 향기롭다.

인생을 업고 가는 바람은 아름답다.

- 이상천, 〈바람은 인생을 업고 간다〉 중에서

　이런 가구佳句는 지나치는 소재를 허투루 보지 않는 저자의 눈에 포착된 신비로움이겠지요. 수양버들에게서는 여인의 긴 머리타래를 떠올리고 그 나무에 후두

둑 떨어지는 빗소리에서 그리움과 먹먹한 이별의 아픔을 떠올립니다. 이별은 슬픔만 주고 가버리는 것이 아니라 남은 사람의 가슴을 적시는 양식이 되고 심지어 안식처가 되고 그런 젊은 날의 상처까지도 사랑하게 하는 청각영상이 되어 내리는 것이지요. 이런 섬세한 저자의 감성이 삼라만상의 생명체를 다시 살아나게도 하고 생기를 불어넣기도 합니다.

바람 부는 날 숲에 가본 사람은 온갖 바람소리들과 휘청거리는 나무들을 보게 됩니다. 시인은 그런 숲조차도 사랑하여 쉭쉭거리는 나무의 열정과 온몸을 다해

바람과 맞짱 뜨는 나무의 모습을 열정적인 춤을 추는 무희舞姬로 찾아냅니다. 사물에 대한 애정이 있어야 이런 흔들림을 재발견해내고 작품으로 표현하겠지요.
<바람과 숲>의 '가지가 찢기고 부러져도 / 아픈 줄 모르고 춤을 춘다.'는 구절은 숲의 생태를 가장 잘 표현해내고 있습니다. 고통 속에 있더라도 고통인 줄 모르고, 기쁨 같지만 사실은 고통임을 단번에 알아내고도 시인은 나무의 그런 몸놀림을 고통 속의 기쁨으로 그렸지요. 죽는 줄 알면서도 매우 열심히, 열렬히 살아가는 게 인간의 기적이라고 했던가요? 저자는

고통을 알고도 고통을 기쁨으로 승화시키는 삶을 찾아냈고 그 기쁨으로 작품을 구현했다고 봅니다.

별이거나 달, 새로이 나뭇잎을 올리는 연두색 전나무조차 시인은 시의 소재로 그림 그리듯이 표현해내고 있어 이미지즘의 시가 아니더라도 회화繪畵의 느낌을 주는 시를 양산하고 있으며 언어로 그림을 그리고 있습니다. 바람까지도 언어로 구현해내는 이런 상상력은 새로운 작품에 대한 준비이고 이제 시작일 뿐이라는 점을 알아낼 수 있습니다. 살아가면서 주변을 더욱 사랑하는 마음이 곧 시로 승화

될 것이라는 기대를 하게 하는 작품들을
시인은 다시 양산하리라고 봅니다.

차례

이상천의 바람은 인생을 업고 간다

— 시 —

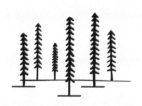

바람은 인생을
업고 간다

강가의
큰나무

—

강가 샘터에 녹음 진 큰나무

언제나 정겨운 너

따가운 태양을 가릴 때에도

소낙비를 피할 때에도

연인과 도란거릴 때에도

주저없이 자리를 내어 주었지.

한창 때부터 골진 주름까지

끝없이 관대했던

너는 영원한 나의 벗이지.

연정(戀情)

네가 못 잊게 그리워

연모의 정으로 온밤 밝히는

가슴으로 달아오른

새하얀 순정의 샘물.

끝없이 네게 흘려 보내리.

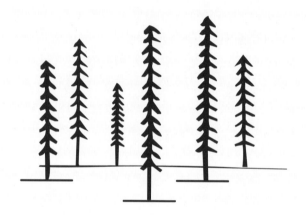

고요한
전나무

—

함초롬히 이슬비 머금은

저 전나무 전혀 미동도 없다.

자연의 섭리가 무한한

인고의 진리인 듯

지극히 깊고 오묘해

가지 끝에서나 겨우

연두빛 새순 보인다.

나무와
바람
—

나무에 바람 일면

수런거리며 기뻐한다.

온몸으로 감응하며

잎과 가지 함께 춤춘다.

자주 보고 만나는 벗이라

보기만 해도 흥이 난다.

덩달아 나도 콧노래 부른다.

잠시 자는 듯 멈추었다,

더 세차게 흔들어댄다.

정들었다고 사랑한다고.

맑은
한탄강

―

따가운 햇살 품은 한탄수는
반짝이는 별빛처럼 흩어져 흐르고
어이해 무정하게 사람을 등지고
시름에 겨운 듯
서쪽으로 굽이져 흐르는가.

바람과
숲

—

바람 부는 날 숲에 가면

휙휙, 쉬쉬거리며 나무는

몹시도 흔들흔들, 흔들어댄다.

가지가 찢기고 부러져도

아픈 줄 모르고 춤을 춘다.

고통 속에 기쁨 있고

기쁨 속에 고통 있는

인고의 진리를 알기에

한 가지에서 자라며

기쁨도 고통도 함께 나눈다.

구정산 1

—

짙푸른 숲 눈뜬 새벽

물안개 듬뿍 품은 구정산

비온 뒤 물안개 피어나는 산허리

신선이 나타날 듯 신비롭다.

저녁 노을 물들면

북으로 갔던 철새들

붉은 노을 보고파

무리져 구정산을 넘는다.

구정산 2

삼팔선 품은 한탄강변 구정산

동트는 모습 바라보면

찬란한 놀빛에

초목들 온몸 가득 머금고

빛이 번져 대지를 밝힌다.

날마다 산을 보아도 양에 차지 않고

놀빛은 오래 보아도 물릴 줄 모른다.

대지에 어둠이 내려도

산은 붉게 남아 있어

미처 찾아가지 못한 철새 한 마리

붉은 노을 보고 산을 넘는다.

구정산 3

—

삼팔선을 받치고 있는 한탄강변 구정산

무거운 무게에도 아랑곳없이

변함없구나.

동트는 햇살 맞는 구정산아,

세상 만물의 시선 독차지하고

저녁 노을까지 조명받는

너의 자태가 야속하지만

너는 너무도 높은 산이구나.

너의 겸허하고 조용한 무게가

모든 슬픔과 고통 함께 지고 왔으니

기쁨과 즐거움의 환희도 맞아야겠지.

구정산, 너는 해낼 것이다.

사랑하는 구정산아.

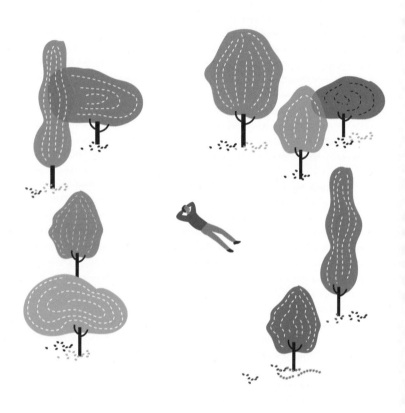

가을빛
지고

—

설핏한 저녁 놀빛에
붉게 타던 단풍잎도 아련하고
죽은 나뭇가지 끝에 산새 쉬고
고요의 무게에 눌린 공원은

낙엽지는 적막이 흐른다.

강 남

전철

—

무수한 사람들이 타고 내린다.

처음 보는 낯선 얼굴들이 스쳐간다.

남녀 노소 외국인 그들

다양한 옷차림과 표정에

감정이 묻어난다.

종합예술의 잠재적 일러스트들

그 안에 내가 있다.

시대 최대의 이동 문화공간 전동차

항상 신선한 설렘을 주는 전철

너를 사랑한다.

오늘

—

매일 맞는 오늘

눈 뜬 새벽

반복되는 일상 속

무수한 감정의 변화

절망과 희망, 회한과 좌절

기쁨과 슬픔의 교차

불행을 행복으로 바꾼다.

역전은 늘 가능하다.

지금 내가 무슨 생각을 하느냐에

하루 행복이 달라진다.

행복을 원하지 않는 사람은 없다.

가장 재미있는 생각으로

오늘 하루 행복하게 살자.

우이천 길

―

가을 바람이 불러온

고운 단풍

그리움을 그리는

빛 고운 단풍

어느새 내 인생처럼

마르고 시들었네.

비바람 하룻밤 사이

다 지고 말았네.

그 길을 따라 걷노라면

발 밑에서 바스락 소리

영혼의 소리

명징하게 들린다.

가을
하늘

—

파란 하늘

높고 아득한데

호수처럼 맑고 고요하다.

비단 보다 하늘이 곱다.

양팔을 벌리고

가슴으로 만지고

오감으로 느끼며

하늘을 우러르고 싶다.

바다보다 넓고 장대한 하늘

하느님이 계신 곳

신비스럽고 영험하다.

어릴 때

간절한 소망을 빌 때도

두려움을 빌 때도

하늘은 늘 관대했다.

내 영혼이 깃들어 있는 곳

내가 사랑하는 모든 이의

영혼이 안식하는 곳

저 파란 하늘을 사랑한다.

파란
하늘

—

파란 하늘 바라보니

내 마음도 파래지고

내 마음 파래지니

내 생각도 파래진다.

내 생각 파래지니

내 몸도 파래진다.

내 몸이 파래지니

세상이 파래진다.

세상이 파래지니

만물이 파래져

나는 행복하다, 행복해.

가을과
소대한(小大寒)
—

소슬바람 일고

먼 안산이 눈앞에 있고

황금 물결 넘실거리고

만물이 익어가는 소리에

흥이 난다.

알곡으로 채운 마음

곳간 가득하니

그 무엇도 대신할 수 없다.

갈무리한 들판

황량한 눈바람에

자리를 내주고

소대한(小大寒)의 품속에서 꿈을 꾸며

희망의 새싹을 틔우자.

봄의
초원

—

연두빛 초원을 흐르는 맑은 물

조약돌 굴리는 소리 정겹다.

수초 사이를 노니는 물고기

지느러미 치는 소리에

무심히 흐르는 물을 두리번거리고

익어가는 봄 햇살은

물고기 비늘처럼 번뜩이며

별빛 되어 물 위를 흐른다.

초원은 빛과 물, 수초의 만남

우리의 마음 속 울 안을 흐르는

자연의 안식 공간.

빨간
단풍

—

빨간 단풍잎

타는 듯한 눈빛으로

시선을 사로잡고

가던 발길을 멈춰 세운다.

불길같은 뜨거운 유혹

벗어날 수 없는 포로 되어

마음은 이미 마비되고

쏙 빠져 반해버렸네.

한나절 내 서 있었네.

파도

—

파도는 하얀 물거품을 안고

겹겹이 밀려온다.

바람에 펄럭이며

잘게 잘게 너울져 밀려온다.

그리움처럼 가슴에 부딪쳐

하얗게 하얗게 포말로 부서진다.

쌓였던 사연일랑 모래톱에 부린다.

머금던 슬픔은 눈물지며 사라진다.

봄
바람
—

바람 부는 날은

어디론가 떠나고 싶다.

산으로 가는 바람

들로 가는 바람

바다로 가는 바람

어느 바람을 따라 갈까.

산바람은 숲을 흔들고

들바람은 초목을 흔든다.

바다를 흔드는 바람이

내 몸속으로 들어와

내 가슴을 흔든다.

어느새 내 마음은

수평선 위를 날고 있다.

들바람은 고운 봄길 위를

희망이 되어

끝없이 불어가고 있다.

추석(秋夕)

―

세상이 코로나로 병들어

찌들고 궁한 속에

어느덧 중추절을 맞이했네그려.

보고싶고 만나고 싶어도 갈 수 없는 고향

밝은 달빛이 전하는 마음의 메시지는

들릴지 말지 울림만 남네.

나뭇잎을 스치고 지나는 바람결마저도

머릿결을 스치며 쓸쓸히 지나가네.

기약없이 찌들은 그리움 언제까지일까.

애타게도 그리워지는 이 밤 하늘엔

달도 밝다.

다만 반가운 것은 동쪽 울타리에

이슬 머금은

국화를 술잔에나 띄우는 것일세.

한탄강

파란 가을 하늘 아래

우뚝 솟은 바위산

옆에는 형제 바위산 뻗어있고

간신히 몸 붙여 있는 소나무

이름 모를 나무들

아침 햇살에 더욱 아름다운

속살 드러내니

그 비경에

어젯밤 뜬 달도 가지 못하고

시샘하며 지켜보네.

한탄수도 소리 높여

별빛 흐르듯 반짝이며 흘러간다.

세월

―

태어나서 죽는 게 세월이라고

세월은 물이 흐르듯 잠도 없이 흘러간다.

세월은 꽃이 피고 지듯 무심히 흘러간다.

세월은 바람 일고 자듯 빠르게 흘러간다.

세월은 잡을 수도 막을 수도 없다.

그 뉘라 가는 세월 멈추겠는가.

세월 앞에 장사 없으니 나도 순응한다.

한번 뿐인 인생도 세월에 맡겨야 한다.

번개같은 세월 속에

무슨 욕심 발하겠는가.

인생이 백년도 살기 어려운데
천년 만년을 사는 줄 알고
채우고 쌓으려고만 하는가.

누구나 죽음 앞에 서게 된다.
그 때 어리석음을 깨닫지 마라.
지금 바로 버리고 비워두자.
편안하게 갈 수 있는 마지막 기회
손을 펴고 웃으면서 가자.

태양 찬가

—

짙푸른 녹음 진 산야를

단숨에 자기 몸색으로 바꾼다.

빨 주 노 초 파 남 보

신통도 하지.

무지개색으로 변장시킨다.

어느 예술적 무대도 따라 할 수 없는

신통 경지에 감동하지 않는 사람은 없다.

그지없는 무대 변장술이다.

하늘도 자기 빛깔로 만든다.

모든 것이 자유자재이다.

태양의 전능함은 무한하다.

바람은
인생을 업고 간다
—

눈바람 속에서도

매화 봉우리 솟고

소소리 바람에 꽃망울 터트리고

따뜻한 봄바람에 벚꽃 피듯

봄바람은 꽃을 피우는 희망의 바람

싱그러운 녹색바람은 꿈을 꾸는 바람

시원한 바람은 지친 몸 풀어주는 바람

소슬바람에 꿈을 이루고

찬바람은 세상을 깨우는 영혼의 바람

인생을 업고 가는 바람은 향기롭다.

인생을 업고 가는 바람은 아름답다.

구름과 마음

―

맘에 먹구름 끼면 우울하다.

흰구름 한점 떠 있으면 평화롭다.

먹구름 떼 지어 몰려 있으면

소인배 협작질 떠올라 우울하다.

비도 안 오는데 흐려만 있고

검은구름이 이리저리 떠다니면

거간꾼 투기꾼 연상되어 슬프다.

파란하늘 햇빛서린 흰구름

평화를 얻는 기쁨

구름은 병을 주고 약을 준다.

꽃구름은 행복을 준다.

비는 사연도 많다

—

가슴 적시는 빗소리 없었다면

그리움 외로움 무엇으로 전할까.

눈물 적시는 빗소리 없었다면

괴로움 슬픔 무엇으로 전할까.

비 오던 날 그를 만났고

비 오던 날 그와 헤어졌다.

비는 만나게도 하고 떠나게도 한다.

이슬비 오던 날 그를 우연히 만났고

꽃비를 맞으며 걷던 날 그의 손을 잡았다.

가을비 내리던 날 그와 쓸쓸히 이별했다.

비는 그리움과 슬픔을 주는 눈물

빗소리는 먹먹한 심장의 소리

빗소리는 안식이며 상처이다.

그래도 빗소리는 사랑스럽다.

수양버들

늘 푸른 연두빛 수양버들

여인의 긴 머리를 풀어 놓은 듯 향기롭다.

가냘픈 바람에도 한들거린다.

바람 가슴에 들어오면

그네를 타듯 출렁거린다.

산새들 유독 그 나무에 머물며

날아갔다 다시 온다.

흔들거리는 가지는 어미의 자장가

어미의 품인 듯 새들의 낙원이다.

소요산

눈 뜨면 보이는 봉우리

태초 삶을 품은 에너지

여인의 가슴처럼 솟은 두 봉우리

좌측 봉우리는 혹성과 교감하고

우측 봉우리는 일월과 상통하네.

인근 왕방산 해룡산 칠성산 마차산과

함께 내통했네.

원효대사와 요석공주의

둥지의 흔적을 남긴 곳.

봄 가을 산이 내주는 설렘에

무수한 인파가 찾는 곳

경원선의 명소 소요산

아~ 너를 사랑한다.

첫사랑

첫눈이 고요히 내렸다.

새하얀 순백의 눈이 대지를 덮고

순결을 얻은 첫마음.

첫마음은

그리움이 고이고 넘치는 연정

첫사랑은 잠못 이루는 순정

잠자리 뒤척이며 흠모하는 밤

얼굴 붉히고 고개 숙이고

말 못하는 바보이다.

상상 속
집짓기

—

외로울 때
햇살 맑은 연두빛 초원에 터를 잡고
옹달샘 꽃나무 아래 들꽃들
무수히 피어나는 곳에 집을 짓는다.

쓸쓸할 때
가랑비 오는 소리 들리고
바람소리 아주 가냘프고
싸락눈 소복이 쌓이는
소리 들리는 곳에 집을 짓는다.

슬플 때는

밤하늘 별빛 총총하고

별똥 떨어지는

맑고 고요한 호수에

별빛 서린 그윽한 곳에 집을 짓는다.

그리는 님 찾아

—

눈 내리는 날 그리는 님을 찾아
공원길 걸었네.
눈 위에 찍힌 발자국 따라 걸었네.
상상 속 설렘에 한없이 걸었네.
따라 걸어도 걸어도 지칠 줄 몰랐네.
그러나 발자국은 어느새 사라졌네.
눈 내리는 날 님을 그리며
다시 또 걷는다.

눈 내리는 날 그리는 님을 찾아

거리를 걸었네.

눈을 맞으며 거니는 님을 따라 걸었네.

무슨 말을 할까 생각하며 걸었네.

따라서 걷고 걸어요, 즐겁기만 하네.

그러나 어느새 님은 눈에서 사라졌네.

눈 내리는 날은 님을 그리며

다시 또 걷는다.

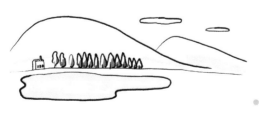

인간적인
사람

—

가장 인간적인 사람은

인생을 후회하며 사는 사람.

평생 후회하며 사는 사람은

더 인간적인 사람.

나도 인생을 후회하며 사니

너도 후회하며 살으렴.

인생은 완벽한 사람 드무니

누구나 후회하며 사는 것이라네.

다 그런 것이야.

별

—

밤에 보이는 별

해와 달이 가리어 그림자 없이

그 품속에 숨어 들어

그믐밤에 반짝이는 별

어두울수록 더 잘 드러내는 너

어둠속 빛이 되어

갖은 고생 끝에 얻은 별

골진 이마가 빛난다.

우리들 너를 따르고 좋아한다.

너를 만나 모든 시름 사라지고

한가로움 얻겠기에

사람들 너를 사랑한다.

달
—

내가 보고 싶은 달
둥근 보름달
나의 집은 지구
달을 닮은 지구
달을 닮은 둥근 지구

달과 지구

누가 더 사랑받을까.

지구가 달보다 크지.

형만한 동생 없지.

지구가 더 아름다운 것은

나무 강 바다

새 동물 물고기가 있네.

달에는 무엇이 있는지

달에 가서

눈 뜬 채 살고 싶다.

수
필

명화같은
한탄강변 까페

———

10월 어느 날, 한탄강변 산책길에서 새로 생긴 까페를 발견했다. 호기심이 일어 그냥 지나칠 수 없어 잠시 발길을 멈추고 주차장 쪽으로 발길을 옮겼다. 앞으로 가까이 다가가 보니 강변 바위 위에 있는 까페이다.

앞에는 갈대밭과 강물이 금빛을 띠고 흐르고 있었고 그 옆으로는 징검다리가 놓여 있었다. 징검다리 건너편에는 늘어진 수양버들이 여기저기에서 전원을 더욱 아름답게 장식하고 있었다. 길 건너편으로는 학담의 공장 굴뚝에서 하얀 연기가 피어나고 있어서 한 편의 명화를 보는 느낌이 들었다. 뒤에는 연못골과 열두 개울 법수동 뒷산이 큰 병풍을 둘러친 것처럼 푸르고 간혹 주황색 빛으로 단풍이 물들 준비를 하고 있는 듯이 보였다. 그 뒤는 왕방산이다. 내가 그림에 소질이 있었더라면 산과 전원, 강을 함께 스케치하며 즐길 수 있었을 것인데 하는 아쉬운 마음이 들었다. 항상 아름다운 풍경과 비경을 볼 때마다 느끼는 감정이다. 그러나 어쩌겠는가. 내 재능이 그뿐인 것을.

눈과 마음으로 스케치하며 귀로는 음악을 듣는다. 모짜르트의 피아노 연주곡, 물 흐르는 소리, 하이든의 교향곡, 베를리오즈의 환상교향곡을 연상하며 감상한다.

법수동의 예루살렘 뒷산을 바라보면서 그리던 풍경을 상상하며 즐기는 재미는 또 하나의 행복이다. 평소에는 우리집 베란다에서 늘 바라보며 그리던 산이다. 더 가까이 다가서서 강변에서 바라보니 현실감이 더욱 역력하다. 이런 때에는 나도 모르게 시심詩心이 일어난다. 그림 속에 시가 있고 시 속에 그림이 있으니 머릿속으로 시를 구상해 보기도 한다.

징검다리를 건너면 아주 작은 모래섬이 있다. 모래섬 바로 위에서 물줄기가 두 갈래로 갈리며 흐른다. 한 줄기는 동두천과 열두 개울 연못골에서 흐르는 물과 합수하여 한탄강물로 합쳐진다. 모래섬 위에서는 두 갈래로 흐르다가 한탄교 아래에서 합수한다. 물론 비가 많이 오거나 장마철에는 하나의 강으로 흐른다. 마음 속으로는 그림을 그리고, 물 흐르는 작은 소리를 들으며 음악을 즐기며 시를 연상하면 무한한 즐거움을 느낀다. 어느새 빈 커피잔만 남겨 놓았다.

오늘 하루도 소소한 행복감에 젖었다. 이따금 나의 주변 환경을 돌아보면 예전에는 미처 보지 못하고 느끼지 못했던 새로운 환경을 마주하게 된다. 그 순간 그동안 전혀 느껴보지 못했던 것들에 대해 새롭게 감동을 받는다. 일상을 살아가면서 이런 풍경들을 아무 생각없이 무심히 지나왔기 때문에 감동이 새로운 지도 모른다. 오랜 세월 강변을 산책하고 운동을 하면서도 마음속 깊이 자연을 느껴보지 못한 것은, 보이는 것만 보는 단순한 시각으로 지나

쳤기 때문이다.

내 주변에 이토록 아름다운 비경의 보고寶庫
가 있다는 것만으로도 나를 행복하게 한다. 새
삼스레 자연에 대해 감사하는 마음을 갖게 된
다. 이제는 내 주변의 자연을 자세히 들여다
보고 사랑스러운 마음으로 오래도록 감사하
며 살아야겠다.

우리가 살아가는 일상 속에서 주변의 변화
에 관심과 호기심의 시선을 보내는 것은 우리
의 삶에 새로운 동력을 얻게 하기 때문이다.
우리의 생활 주변이 한 시대의 문화를 대신하
고 있으며, 우리 인간은 문명의 발전과 더불어
문화를 꽃피워왔다.

지금 나의 삶이 곧 문화이다. 내가 그 문화
속에 있기 때문이다. 오늘을 살아가면서 주변
의 변화에 더 많은 관심을 가져야 나를 진정한

문화인으로 만들어 줄 것이다.

만화경 같은
가을의 단상
___

여름의 불씨가 남긴 빨간 고추밭 작은 산언덕에 호박이 주황색 알몸을 드러내며 누워있고 짙푸르기만 하던 볏논이 연두빛으로 출렁이며 마음을 흔들면 가을이 왔음을 느낀다. 담장 옆 대추나무에 다닥다닥 매달린 빨간 대추가 사람들의 시선을 끌고 밤나무 밤송이가 알밤부터 벌어지고 능금밭 능금이 붉게 익어가면 완연한 가을을 실감하게 된다.

더욱 아름다운 것은 가을햇살과 바람이 누런 볏논을 흔들며 황금물결로 넘실거리는 풍경이다. 그리고 이것을 바라보면 어느새 내마음은 평화로운 행복감에 젖는다.

이따금 들판 위를 나는 백로와 산까마귀 파란 하늘 아래 흰구름 떠있고 문득 들려오는 항공기 나는 소리는 고요속의 안식이다. 누렇게 익어가는 콩밭의 콩익는 내음, 밭둑에서 깨익는 내음이 코끝을 자극하면 가슴에 전율이 흘러 내린다. 나는 그 자리에서 선 채로 눈을 감고 깊은 호흡으로 음미한다. 그런 감미로운 감상도 잠시뿐이다.

어느덧 가을이 깊어지면 산야의 둘레길과 공원에도 빛고운 단풍을 만나게 된다. 빨갛고 노란 형형색색의 단풍이 우리들의 시선을 붙

들고 가던 발길을 멈춰 세운다. 탄성과 감격 그 자체가 언어로는 표현할 수 없는 단풍의 유혹에 반해서, 혼자 보기에는 너무도 벅찬 가슴은 핸드폰에 추억을 담아 가까운 친구와 사랑하는 사람에게 전송한다. 이렇게 빛 고운 단풍에 취하고 즐기는 날들도 잠시 뿐이다.

햇살 좋은 어느 날 다시 찾아 나서니 강변 가로수의 고운 단풍도 시들어 낙엽 지고 늦단풍마저 바람에 꽃잎이 날리듯 내 머리를 스치며 휘날린다. 아름답게 느껴지는 감동이지만 마음 한구석이 허전함을 금할 수가 없다. 가을은 쓸쓸한 계절이라고 사람들은 말하지만 거리에 깔리고 쌓인 낙엽을 밟으며 걸으니 더욱 쓸쓸하기 그지없다. 왜 내 마음이 이렇게도 서글퍼지는 것일까.

그 이유가 무엇일까 잠시 생각해보니 아마도 나의 인생행로가 자연따라 이루어지기 때문일 것이다. 인간이 태어나서 청년기를 지나 중장년을 넘어서면 노년기에 접어든다. 이때부터 각종 질병에 시달리고 고통 받다가 종말에는 죽음에 이르러 자연따라 자연으로 회귀하게 된다. 예부터 인간은 누구에게나 죽음이 있었으니 이것만 생각하면 공연히 마음이 조여진다.

우리 나이로 내 나이는 75세이다. 오래 살았다고 생각하지만 더 살고싶은 마음은 간절하다. 그러나 계절과 기후의 변화로 지구상의 만물이 연달아 달라지고 변화한다. 그리고 내 몸과 마음도 늙고 달라진다. 조선시대의 선비 정철의 시구에서 '그 뉘라 가는 세월 멈추고 늘어만 가는 백발을 막으리오.'란 구절이 있듯

이 나 역시 자연에 순응하며 따를 수 밖에 없
다. 우리 주변에도 한 세대가 가고 또 한 세대
의 많은 사람들이 사라졌다. 나의 주변 사람들
도 앞서 많이 사라졌다. 지금은 의약의 발전과
문명의 발달로 인간의 수명이 연장되어 장수
하는 백세 시대라고 하지만 주변을 둘러 보면
더러는 오래 살지만 거의 대부분 아픔의 고통
을 참고 살아간다.

사람들은 나이가 들수록 자연을 가까이 하
며 자연을 사랑하고 자연과 아주 친숙해진다.
그리고 이런 친숙함은 내가 자연으로 돌아가
기 때문일 것이다. 나도 산책을 자주 하며 마
음과 정신을 맑게 하고 있다. 햇살 좋은 날 맑
은 바람 순하게 불어오면 몇 번을 반복해서 뱃
속 깊이 흡입할 때 몸과 마음이 조화를 이루며
영혼까지 맑아지는 것을 느낀다. 어느새 곱던

단풍이 낙엽되어 흩어져 거리를 수놓고 쌓여만 가고 있다. 그나마 나를 위로하듯이 담장을 넘어 탐스럽게 매달린 진홍색 단감이 정겹게 느껴진다. 이제는 길 위에 뒹구는 마지막 낙엽을 밟으며 한 해 가을을 추억하며 갈무리하려고 한다.

인생무상함을 느끼며 가을길을 걷는다. 이것이 노후의 행복이다. 이런 산책은 앞으로도 계속될 것이다.

고요한
겨울 산책

어느덧 모든 잡초들이 다 사라지고 나무들의 앙상한 가지만 남긴 채 산과 들의 대지는 잔뜩 움츠러들었다. 북풍한설北風寒雪 찬바람에 산까마귀 소리 뜸하고 산까치의 모습도 눈에 잘 보이지 않는다. 겨울은 모든 만물을 제약하며 일시적으로 운동을 정지시키는 느낌이 든다.

그래도 나는 고요한 겨울의 산책을 즐긴다. 추위에 움츠러 들지만 오롯이 나를 만나기 위해서이다.

겨울은 길다. 특히나 한수漢水 북부는 살을 에는 듯한 쌀쌀한 칼바람이 오래도록 지속되어 길고도 긴 겨울을 보내야 한다. 곧 눈이 내려 쌓이면 황량한 대지가 흰옷으로 갈아입어 세상을 아름답게 만들겠지만 아름다운 감상은 잠시뿐 이때부터 쌓인 눈이 얼어붙어 거리를 빙판길로 미끄럽게 만든다.

이 때에는 노약자는 특히나 조심해야 한다. 빙판길을 거니는 노인들은 조심하고 또 조심하지 않으면 낙상사고로 이어진다. 허리는 앞으로 약간 구부리고 양손은 항상 낙상을 대비하며 이동해야 한다.

그래도 겨울 공원산책은 고요속의 즐거움이다. 나는 주로 연천군 소재 전곡읍 공원과 한탄강변을 산책한다. 같은 코스를 반복해서 지속적으로 산책을 해도 지루하거나 물릴 기미는 없다.

왜냐하면 공원에서 바로 강변으로 이어지고 강변에는 전곡리 선사유적지와 박물관이 있기 때문이다. 오토캠핑장이 있고 펜션이 줄지어 늘어서 있고 까페도 여기저기에 조화를 이루고 있다. 강 건너편에는 삼팔선을 품고 있는 구정산이 하늘 높이 길게 펼쳐져 있어 철새들이 넘나드는 능선은 조석으로 노을빛이 물들어 황홀경에 빠져들게 하는 장관을 이룬다. 서쪽으로는 바위산이 높이 솟아 형제바위산과 함께 국사봉까지 이어져 해와 달이 희롱하는 한탄수의 별빛과 조응하는 모습이란 더욱 아름다운 비경이다. 강 건너 고능리 구정산과 북쪽으로는 어수물까지 이어져 연결되어 있다.

다양한 볼거리와 평화로운 안식을 주기 때문에 이 길은 지루하지 않다. 싸늘한 바람이 나뭇가지를 스치면 가지는 살포시 떨며 엄동설한을 이겨낼 체질을 단련하여 내성을 만들어 면역력을 높인다.

내가 거니는 공원은 오늘도 바람이 향기롭다. 이따금 전나무 숲속에서 이름모를 산새 한 마리가 짝을 찾는 듯 지저귀다가 사라진다. 겨울 찬바람이 전나무숲을 흔든다. 아름다움을 뽐내던 장미도 주황색 열매를 매달고 바람에 흔들린다. 공원을 아름답게 장식하던 산수유도 붉은 빛을 띠며 쭈그러들고 있었다. 매 한 마리가 하늘을 높이 날며 공원을 조망하다가 사라진 뒤에 산까마귀 두 마리가 멀리 날아간다. 잠시 뒤에는 산까치 세 마리가 공원 어디론가 사라진다. 그 많던 산까마귀와 산까치, 무수한 산새들도 보이지 않는다.

찬바람에 나뭇가지가 떨고 있으니 내 몸도 마음도 함께 떨린다. 정겹게 만났던 나무들이라서 내 마음인들 편안하겠는가. 나무 하나하나를 보고 또 보며 쓰다듬으며 사랑을 표한다. 살아서 봄에 다시 볼 수 있는 나무가 되어 달라고 간절히 빌어 본다. 혹독한 추위로 매년 공원이나 강변 가로수, 유적지의 나무가 동사凍死한 것을 보면 가슴이 아프다.

절기상 대설을 지나고 나니 찬바람이 더욱 기승을 부린다. 나뭇가지를 스치고 지나가는 바람이 매섭게 느껴진다. 바람은 잠시 공원에서 여장을 푸는 듯 하더니 잠시 후 바로 거세게 불어오기 시작한다.

그럼에도 불구하고 아랑곳하지 않고 운동을 나온 사람들도 이따금 만난다. 모자를 쓰고 마스크를 하고 부지런히 걷는다. 평소에는 지인을 만나면 목례를 하고 미소 지으며 지나치곤 했다. 그러나 마스크를 하니까 상대를 인지할 수 없어 그냥 지나치기가 일쑤이다. 강변과 유적지를 걸으며 운동하는 사람들이 있어서 더러 마주친다. 몸관리를 위해서 열심히 운동하는 사람들이다. 남성보다는 여성을 더 많이 만난다. 여성들이 몸관리를 더 잘한다는 이야기이다. 그래서 그런지 여성들의 평균 수명이 더 길다고 한다. 항상 바지런하게 움직이고 열심히 운동하기 때문이다.

유적지나 강변은 바람이 세차고 거세다. 바람에 귀가 시리고 얼굴이 따갑다. 유적지로 들어가면 바람이 약간은 죽지만 여전히 바람은 세차다.

혹독한 바람 속에서도 길 옆에 도열하여 서 있는 푸른 소나무들은 옛 우리 선비들의 기상처럼 늠름하고 품위 있어 보인다. 고요 속에 서 있는 소나무들은 더욱 싱그럽고 향기롭다. 모든 나무들은 앙상한 가지만 남기고 떨고 있는데 유독 푸른 소나무만 아름답게 빛나니 그 이름 나무 중의 왕, 소나무이다. 소나무숲을 걸으면 몸과 마음이 조화를 이루어 기쁘고 경쾌하다. 길게 호흡을 반복하며 뱃속 깊이 맑은 공기를 흡입한다. 어느새 마음은 평화로움에 행복감을 느낀다.

겨울철은 3시가 되기도 전에 해가 이미 설핏 져서 기온이 급속히 내려간다. 이때는 바로

발길을 돌려야 한다. 강변을 걸어 나오면 바람
은 더 거세다.

한탄강 오토캠핑장은 봄과 가을에는 미리
예약하지 않으면 구할 수 있는 자리가 없다.
수도권에서 유일하게 가까운 캠핑장이어서
인기가 높다. 주변 환경이 아름답고 각종 체육
시설, 어린이 놀이공원의 체험시설이 갖추어
졌다. 강에는 유람선과 오리배 낚시터까지 겸
비하고 있어서 지친 몸과 마음을 휴식하며 힐
링하는 명소로 손색이 없어 무수한 인파가 찾
는 곳이다. 그러나 지금 내가 거니는 캠핑장은
한적하다. 날씨탓도 있지만 코로나19 때문인
것 같다.

한탄교 아래 강 옆에는 산책코스가 있다. 산
책코스를 따라 나서면 차도 옆 언덕에 까페가
늘어서 있다. 까페 아래에는 징검다리가 있고

건너편에는 수양버들이 조화롭게 초원을 이루고 있다.

　조금만 더 올라가면 천연적인 자연의 낚시터가 있다. 일명 유격장 낚시터라고 한다. 여기는 강물이 깊어 늘 시퍼렇다. 강 건너편은 바위 절벽이 있고 산이 우뚝하게 높아 육군부대 유격장으로 사용하던 곳이다. 봄, 여름, 가을에는 낚시꾼들이 모여 잉어를 낚던 이야기 주머니를 풀어 놓으면 끝이 없다.

　여기서 고탄교 쪽으로 조금만 올라가면 천둥오리와 백로가 즐겨 놀며 서식한다. 먹잇감이 많아서 언제 보아도 즐겨 놀고 있었다. 그러나 지금은 오리도 백로도 보이지 않는다. 곧 강물이 얼어 먹잇감을 얻지 못하니 미리 알고 떠난 거겠지. 길을 따라 올라가면 전곡읍을 떠받치고 있는 주상절리가 그림 속에서나 만나

볼 수 있는 환상적인 아름다움을 품고 있는 비경을 만날 수 있다. 이동식 모노레일을 설치하면 아름다운 명소로 손색이 없을 것이라는 주민들의 의견도 있다. 고탄교와 가까와지면 공원으로 바로 연결되어 있어 주민들의 이용이 편리하다. 공원 옆에는 까페가 있어 산책 후 커피 한 잔은 좋은 휴식이다.

은대리 벌판은 백로와 산까마귀가 날고 황금물결로 넘실거리던 평화로운 벌판이다. 지금은 황량한 대지로 변해 눈바람의 광야가 되어 있다. 은대리 광야에서 코아루 아파트로 연결되는 새로운 도로가 생겼다. 여기서 바래로 연결됐고 곧바로 어수물까지 이어지는 새로운 도로가 뚫렸다. 막혀 있던 산을 허물고 도로를 냈다.

청년시절 어수물 강가에서 견지낚시를 즐기던 나는 감개무량했다. 내친김에 어수물 낚시하던 곳까지 가면서 변화된 주변의 환경을 바라보며 다가갔다. 상전벽해가 되어 있었다.

예전에는 3번 국도 옆에 작은마을이 있었는데 새로 난 길 옆과 강 옆에는 목조건물의 주택들이 자리잡고 있었다. 새 동네를 이루었다. 교회도 있었다. 강 옆 둑길에는 차가 통행할 수 있도록 포장되어 있었다. 내가 낚시를 하던 포장도로 옆에도 목조주택들이 자리하고 있었다. 마침 청년 한 사람이 보였다. 나는 그의 앞으로 다가서서 여기서 오래 살았냐고 물었더니 자신은 서울에서 왔노라고 했다.

지난날의 감정에 눌려서 낚시터를 한참 바라보았다. 감동과 감격 그 자체였다. 인구 감소로 낙후된 연천이라고 생각했던 내 마음 속의 잠재의식이 한순간에 날아가듯이 사라졌다.

밤새 눈이 내려 온 대지를 하얗게 덮었다. 세상이 아름답게 보이지만 눈바람이 일면 기온이 급속히 내려가 눈이 얼어붙고 거리는 빙판길로 미끄러워진다. 이쯤 되면 겨울 산책도 잠시 멈추어야 한다.

나는 산책을 좋아한다. 고요 속에 나를 만나고 내 마음 들여다보며 마음을 위로하고 어루만져 준다. 그러면 내 마음은 어느새 부드럽고 편안해진다. 내 마음속에는 나만의 안식처가 있기 때문이다. 내가 산책을 시작한 지도 어언 20년쯤 되는 것 같다. 산책을 하면 마음이 편안하고 즐겁다. 어느 때는 시도 읊고 콧노래를 부르기도 한다.

'싼 취미를 가지고 있어 재미와 즐거움을 얻

는 사람이 가장 행복한 부자'라는 말이 있다. 혼자 산책을 하는 것은 돈이 들어가지 않는다. 두 다리로 걸을 수만 있다면 댓가없이 얼마든지 즐길 수 있다. 누구나 언제 어디서든지 행할 수 있는 행복한 산책이다. 모든 사람들에게 이런 소소한 행복을 권유하고 싶다.

산책은 대자연을 마음껏 누릴 수 있는 자유이다. 맑은 햇살을 온몸에 가득히 받으며, 시원한 바람을 뱃속 깊이 흡입하고 파란 하늘을 바라보는 행복감은 어디에도 비교할 수 없다. 이 글을 읽는 독자도 지금 바로 산책을 시작해 보는 것은 어떨까.

바람은
인생을
업고 간다

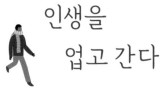

초판 인쇄   2021년 3월 29일
초판 발행   2021년 4월 10일

지 은 이 | 이상천
펴 낸 이 | 김인숙
펴 낸 곳 | ㈜동인랑

편   집 | 김현숙
디 자 인 | 김소아

출판등록 | 6-0406호
주   소 | 서울시 노원구 공릉동 653-5
전   화 | 02-967-0700
팩   스 | 02-967-1555

ISBN 978-89-7582-597-2

㈜동인랑 에서는 참신한 외국어 원고를 모집합니다.
e-mail : webmaster@donginrang.co.kr